危險！
勿碰！

水先生的奇幻旅程

認識水的循環

〔意〕Agostino Traini 著 / 繪
張琳 譯

新雅文化事業有限公司
www.sunya.com.hk

ROSETTA

大海是一個神奇的世界，裏面住着各式各樣、五彩繽紛的奇妙生物。如果你想去大海裏冒險，你要學會游泳或者有一艘船，此外，也可以跟着這本書去探險。當然如果你會游泳就更好啦！

是不是所有魚都能在大海裏生活？

不是。因為海水是鹹水，而有些魚，如：金魚、鯉魚等，只能生活在淡水，即湖泊、小溪等之中，不能生活在大海裏。

海星有沒有眼睛？

沒有。海星不但沒有眼睛，也沒有鼻子、耳朵，但卻有嘴巴。牠的嘴巴通常位於身體下端的正中央。

水先生就住在大海裏，你可以在右頁那頭巨頭鯨的鼻子上找到他。巨頭鯨就是那隻巨大的、有兩排整齊牙齒的動物，在這裏你只能看到一小部分的巨頭鯨，因為書太小了，裝不下牠。

巨頭鯨有多巨大？

雄性的巨頭鯨可長達6米，即差不多三道門疊起來的高度，可重達3,500公斤；雌性的則可生長至約5米長，重1,800公斤。

水先生可以變成海浪，在大海裏到處溜達。當他心平氣和的時候，海浪很小；但是當暴風雨來襲時，他就會掀起驚濤駭浪，這時我們可千萬要小心啊！

海浪是怎樣形成的？

海浪是由風形成的。當風吹向海面，會推動海水不斷地向前形成海浪。如果風力強勁，如颱風時，由於推動的力量大，形成的海浪便越大。

大浪會帶來什麼壞影響？

巨大的海浪可能會弄翻船隻，並捲走海上或岸上的人和物件，造成人命和財物的損失，所以我們千萬要小心，大浪時不要在海上或岸邊遊玩。

找一找，圖中哪五樣東西不應該出現在海裏？

答案：紫色八爪魚的眼鏡和書、手錶、瓶子、粉紅色八爪魚的筆。

在一個天氣晴朗的夏日，水先生看到沙灘上來了很多人，其中有三個正在玩耍的孩子。

「太好了！」水先生心想，「今天我可以結交新朋友了。」

一個孩子發現了水先生，正和他打招呼呢。

為什麼烈日下，沙灘會比草地熱？

因為沙比草較吸熱。沙最原始的形狀是石塊，它和石塊一樣在陽光照射下，會吸收大量熱力，所以烈日下在沙灘上行走，我們會覺得很燙呢！

在海灘游泳我們要注意什麼？

下水前要做好熱身運動，防止抽筋；不要空肚或吃得太飽；身上有傷口，或泳灘上懸掛着鯊魚旗、紅旗時，都不宜下水。

水先生很快便和三個孩子玩在一起，成了好朋友，他們每天都一起玩到太陽下山。

水先生特別照顧年紀最小的那個孩子，只和他玩一些簡單又安全的遊戲。至於大一點的孩子，水先生和他們玩的遊戲就具挑戰性和刺激得多了！

圖中的人們在進行什麼水上活動？說說看。

答案：游泳、滑水、潛水

一天早上，水先生來到沙灘上，卻找不到他的朋友們，連太陽傘也通通被收起來了。

水先生等啊等，可是誰也沒有來。「假期結束了，你的朋友們回家去了。」八爪魚尊尼對他說。

如果你在街上，發現家人、親友不見了，你要怎樣做？說說看。

水先生想去找他的朋友們，於是請太陽幫忙，把他變成了一朵輕飄飄的白雲，飛到了高高的天空上。

雲是怎樣形成的？

太陽將海水或地面的水，蒸發成水蒸氣，大量的水蒸氣升上空中，遇冷便會凝結成水滴或冰晶，它們聚集在一起便形成雲。

變成了雲朵的水先生，被大風吹着，迅速地飛過了田野和森林。

數一數，地上共有多少座建築物？它們有什麼地方是一樣的？

答案：
11座。它們的屋頂都是紅色的。

嘩！世界原來這麼大！

夏天結交的那些朋友們現在究竟在哪裏呢？要找到他們真不容易啊！

曬太陽對身體有什麼好處？

適量的陽光有助身體製造維他命D，幫助吸收鈣質和磷質，促進牙齒及骨骼健康。但過度曝曬卻可能會曬傷皮膚，甚至增加患上皮膚癌的風險。

飄啊飄啊，雲朵來到了一座大城市的上空。在一棟房子的天台上，有兩個人正躺着曬太陽。

「說不定這兩個人會知道我該去哪裏找我的朋友們。」水先生邊想着，邊向他們飄過去。

「笨蛋雲，快走開！你把太陽遮住了。」那個男人大叫道。

為什麼有時候會出現陰天？

因為天空中有雲，如果雲層比較厚，便會遮擋着陽光，這時天色便會變得昏暗，也就是陰天了。

為什麼雲有時候是灰色的？

當雲太厚或濃密，會令陽光不能通過它們，使它們看起來是灰色，甚至黑色。

水先生不喜歡沒有禮貌的人，於是他決定給花花草草們淋雨。

接着，他便高高興興地繼續上路。

「我的朋友們，我遲早會找到你們的！」他想。

我們要怎樣做個有禮貌的孩子？說說看。

為什麼高山的溫度比平地低？

因為高山上的空氣比平地稀薄，空氣中的水蒸氣和灰塵也比較少，難以阻止太陽的熱力散失。平均來說，高度每上升1,000米，氣溫便會下降6度。

飄呀飄，水先生來到了羣山的山頂。那兒可真冷啊，冷得水先生快要結成冰了！他想也不想，便決定離開這裏，走到山下。

「真奇怪，」他心裏疑惑着，「我怎麼全身變成了白色？」

小朋友，猜一猜，水先生為什麼全身變成了白色？

什麼是雪？

雪是雲中的溫度過低，大氣中的水蒸氣或小水滴在空中凝結，再落下來的自然現象。

現在，水先生變成雪了。

當他飄到地面上，環顧四周，只看到一隻長着長長獸角的動物。

那是一頭羱（粵音：元）羊，只有一隻羊可以做朋友真沒趣，可是除了牠便沒有其他人來到這山上。水先生感到悶極了。

這片黃色污跡不是我不小心塗上去的，那其實是羱羊的尿。

什麼是羱羊？

羱羊是野生山羊的一種，居於歐洲的阿爾卑斯山上。牠們不論雌雄，均有一對大而向後彎曲的角，用來保護自己，免受捕獵者的襲擊。

嚴寒的冬天過去，溫暖的春天來到了。太陽融化了雪，水先生又變回了水，他要繼續去尋找他在夏天認識的朋友們。

告別了高山，水先生流進了小溪，變成潺潺的溪水。

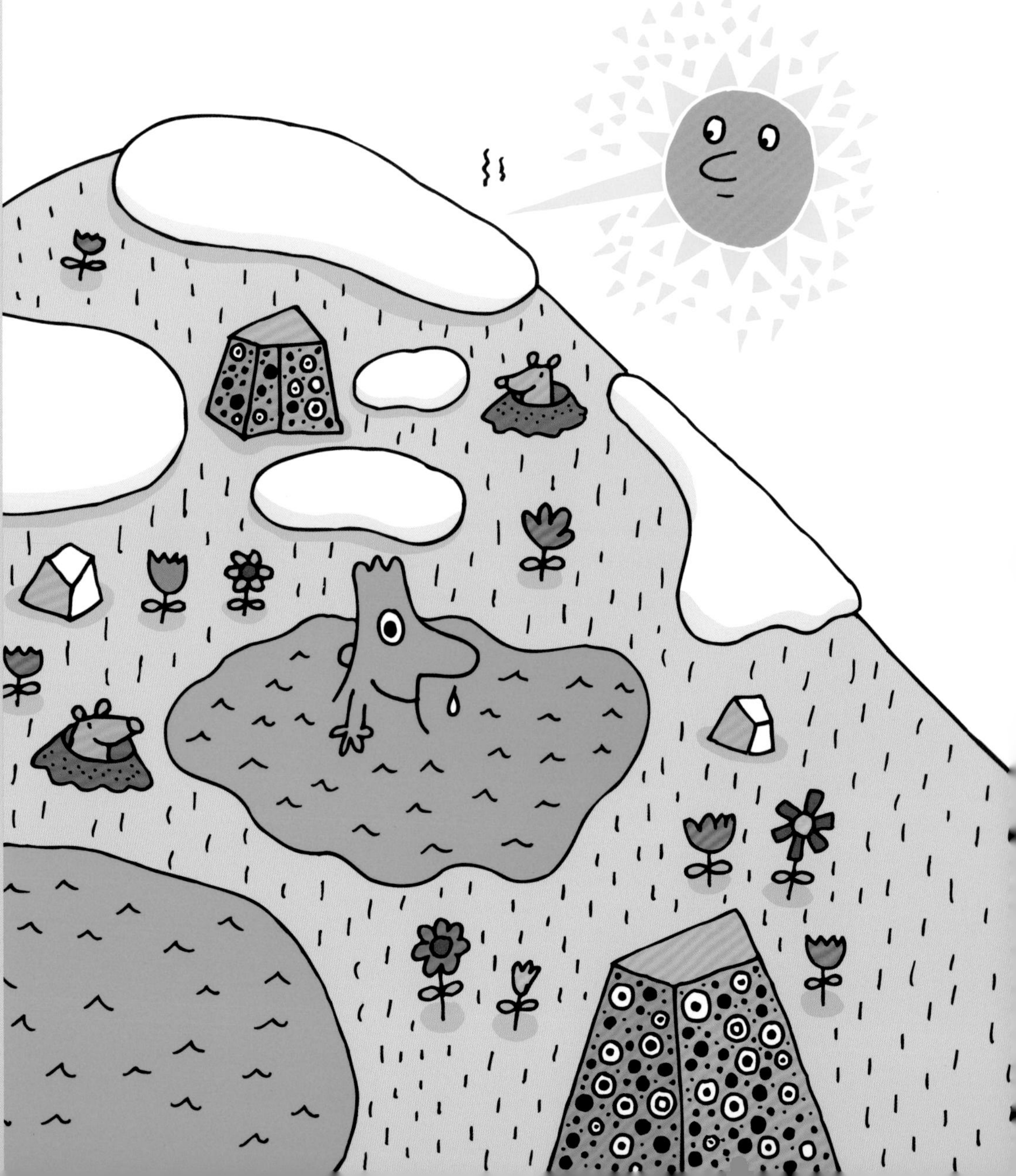

春天來了，大地會有什麼變化？比較第25和第26頁的圖畫，說說看。

參考答案：
冰雪融化，植物生長，小動物都從冬眠中蘇醒過來。

數一數，小老鼠畫的圖畫裏共有多少朵花？

答案：19朵

什麼是水車？它有什麼用？

水車是非常有用的工具。利用水流產生的動力，推動水車輪或者渦輪來驅動機械，作研磨麪粉、切割木材或生產紡織品等用途。

在流往山谷的路上，水先生有很多事情要做呢。

首先，他要讓艾雲磨坊裏的水車轉動起來；接着他又要去愛特婆婆的田裏，為她灌溉長着翠綠色葉的生菜。

植物只需要喝水便可以長大嗎？

不是。植物除了水，還需要陽光、空氣和礦物質等生長所需的養分才能長大。

當水先生來到平原上，小溪頓時變成了大河流。這時，水先生又去幫米高推動他的大船。

「謝謝你！」米高感激地說。

「不用客氣！能幫助你是我的榮幸。」水先生謙虛地回答道。

為什麼很多動物都喜愛在水邊生活？

因為動物都需要喝水才能生存，而且有水的地方大多長有豐富的植物，它們可以作為動物的糧食。

突然之間，水先生被吸進一條粗大的管道裏，之後這條管道變成了兩條……

這兩條管道後來又分出了許多更細的管道，水先生也跟着被分成了許多份。一下子出現了很多水先生！

想一想，水先生可能會經管道通往哪裏？

參考答案：水先生可能會通往工廠、學校、游泳池等地方，甚至我們的家。任何要用水的地方，都需要靠水管幫我們將水先生送來。

想一想，我們每天要用水來做什麼？

參考答案：
清潔身體（包括：洗澡、洗臉和洗手），洗淨東西（如：洗蔬菜、洗杯和碗），飲用等。

在管道裏跑呀跑呀，這許多的水先生從各處地方冒了出來，所有人都需要他們。

「我到底還能不能找到夏天認識的朋友呢？」水先生灰心地想。

是不是所有火災都能用水撲滅？

不是。比如電器着火，或者炒菜時油鑊起火等，由於水會導電，以及油遇水會膨脹，因此火不但不會被撲滅，還可能會產生爆炸呢。

人可以不喝水嗎？

不可以。因為我們需要水幫助吸收身體所需的營養，並為身體散熱和排出體內的廢物。人不吃東西可以活10天，不喝水只可以活5天！

正當水先生的希望快要破滅時，他竟從他朋友們的家的廚房裏冒了出來！

「我終於找到你們了！現在我要為你們準備一杯薄荷味的飲料！你們會嘗到我有多美味！」

想一想，我們可以怎樣節省用水？

完

參考答案：
- 用水後要將水龍頭關緊
- 以淋浴代替浸浴
- 縮短洗澡的時間

現在就來和水先生一起玩吧！

你會學到許多新奇、有趣的東西，

它們就發生在你的身邊。

穿救生衣的橙

你需要：

 1個橙

 1個大人

 1個盆子

 1把水果刀

 水

難度：

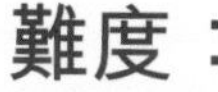

做法：

在盆子裏注滿水，把橙浸在水中。
你看到嗎？它會浮在水面上。

2

現在你可以找一個大人幫你剝去橙皮，就像平時吃橙時那樣。然後再次把它放進水裏。

3

會發生什麼事？

橙本身不會游泳，但它的外皮上有許多孔，能像救生衣一樣使橙浮在水面上。不過如果你把它的救生衣拿走，它便會沉到水底。

水是如何移動的？

你需要：

  2個玻璃杯

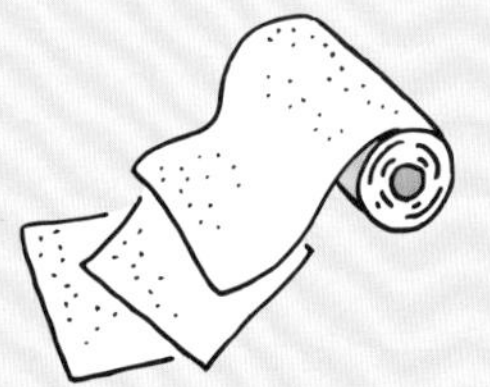 廚房用紙

 水

難度：

做法：

 先將一個玻璃杯注滿水。

 將兩張廚房用紙扭在一起，成繩子狀。

把紙條的一端浸入盛滿水的玻璃杯裏，再把另一端懸在空的玻璃杯內，然後靜靜等待……

耐心點：想成為真正的科學家，除了要冷靜，還要願意花時間去觀察身邊的世界。

4

看！
水慢慢地爬上了紙條，並轉移到空的玻璃杯裏了。

水真的能夠偷偷地滲透到任何地方，並且用各種巧妙的方式移動。

瓶子裏的雲

你需要：

1個有金屬蓋子的玻璃瓶

1個大人

1個小鍋子

冰塊

水

錫紙

難度：💧💧💧💧

做法：

1

請大人幫忙把鍋裏的水煮沸。

在大人的幫助下，將鍋裏的熱水倒入玻璃瓶中，裝滿半瓶水，然後扭緊瓶蓋。
摸摸看玻璃有多燙？記得先戴上廚用隔熱手套啊！

用一張錫紙包着冰塊，冰塊非常冷啊！現在你把錫紙包着的冰塊放在玻璃瓶的蓋子上，看看會發生什麼事？

你看到了嗎？玻璃瓶裏的熱水遇到從蓋子上傳來的冷氣後，轉變成小水滴，形成了雲朵！如果你再等一會兒，瓶子裏還會下雨呢……

好奇水先生
水先生的奇幻旅程

作者：〔意〕Agostino Traini
繪圖：〔意〕Agostino Train
譯者：張琳
責任編輯：劉慧燕
美術設計：張玉聖
出版：新雅文化事業有限公司
香港英皇道499號北角工業大廈18樓
電話：（852）2138 7998
傳真：（852）2597 4003
網址：http://www.sunya.com.hk
電郵：marketing@sunya.com.hk
發行：香港聯合書刊物流有限公司
香港荃灣德士古道220-248號荃灣工業中心16樓
電話：（852）2150 2100　傳真：（852）2407 3062
電郵：info@suplogistics.com.hk
印刷：中華商務彩色印刷有限公司
香港新界大埔汀麗路36號
版次：二〇一三年十月初版
二〇二二年十月第六次印刷

ISBN: 978-962-08-5931-1

Original Title: Il Fantastico Viaggio Del Signor Acqua

18/F, North Point Industrial Building, 499 King's Road, Hong Kong
Published in Hong Kong SAR, China
Printed in China

糖漿

危險！
勿碰！

危險！
勿碰！